ANTONY VALABRÈGUE

PETITS POÈMES
PARISIENS

Filles de Paris. — Le Dimanche des mendiants.
L'Invitation à l'amour.
L'Amour de Claire. — Paysages. — A travers champs.
Les Petits Cabarets. — Le Dîner sur l'herbe
Après l'amour, etc.

PARIS

ALPHONSE LEMERRE, ÉDITEUR

27-31, PASSAGE CHOISEUL, 27-31

1880

ANTONY VALABRÈGUE

—

soutenir affection

Antony Valabrègue

PETITS

POÈMES PARISIENS

(1)

En préparation :

POÉSIES DE LA VIE MODERNE.

LA MER NORMANDE.

TABLEAUX D'HIVER.

ANTONY VALABRÈGUE

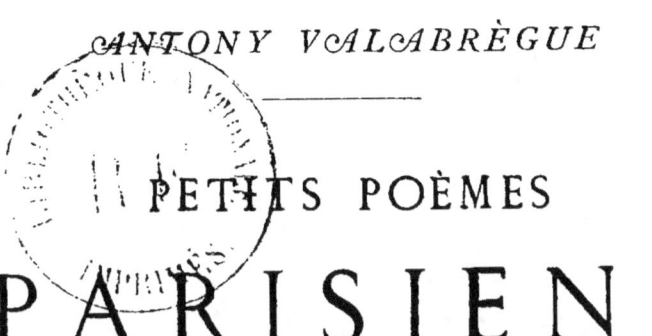

PETITS POÈMES
PARISIENS

Filles de Paris. — Le Dimanche des mendiants.
L'Invitation à l'amour.
L'Amour de Claire. — Paysages. — A travers champs.
Les Petits Cabarets. — Le Diner sur l'herbe.
Après l'amour, etc.

PARIS
ALPHONSE LEMERRE, ÉDITEUR
27-31, PASSAGE CHOISEUL, 27-31
—
1880

AVANT L'AMOUR

AVANT L'AMOUR

FILLES DE PARIS

A Albert Dethez.

Sur le chemin des bois, par les beaux jours d'été,
Elles viennent souvent se promener ensemble,
A l'heure où le soleil, de sa pâle clarté,
Endort au vent du soir la campagne qui tremble.

Elles vont en chantant des refrains de chansons ;
Au milieu des taillis la fraîcheur les attire ;
Elles jettent au loin, à travers les buissons,
Le tumulte charmant de leurs éclats de rire.

Laure mouille au hasard ses pieds dans les ruisseaux ;
Marthe, laissant s'ouvrir les plis de son corsage,
S'étonne de ne pas trouver des nids d'oiseaux
Dans la broussaille morte où sa robe s'engage.

Berthe agite un rameau de lilas qu'elle a pris;
Jeanne fait un bouquet des roses qu'elle cueille.
Quand elles vont aux champs, les filles de Paris
S'amusent d'une fleur et même d'une feuille.

Et nous, que la fraîcheur de la belle saison
Remplit, comme autrefois, de joie et de jeunesse,
Nous sentons revenir, au milieu d'un frisson,
Ce doux besoin d'aimer qui nous trouble sans cesse.

Mais quand nous leur parlons, elles ne savent pas
Que nous avons au cœur une vague espérance.
Pour repousser l'amour qui s'attache à leurs pas,
Elles auront toujours leur jeune insouciance.

A l'ombre des taillis, sans détourner les yeux,
Elles vont s'éloigner bientôt entre les branches,
Emportant loin de nous, avec leurs bruits joyeux,
La gaîté du printemps dans leurs toilettes blanches.

PLEINE EAU

A E. Béliard.

Il fait bon s'éloigner au coucher du soleil ;
Prêt à gagner le large, à l'heure du silence,
Déjà notre bateau s'incline et nous balance
Sur l'eau qui va dormir d'un paisible sommeil.

A peine autour de nous un vol d'oiseaux s'élance,
Avec un doux bruit d'aile au bruit de l'eau pareil.
Un rêve nous saisit qui semble sans réveil,
Et la fraîcheur du soir berce notre indolence.

La brise nous caresse, et nous pousse en avant ;
Nous glissons loin du bord, la voile ouverte au vent,
Quand le soleil s'abaisse au ras de la rivière.

Il s'arrête à fleur d'eau, dans son éclat mourant ;
Et nous allons vers lui, comme si le courant
Nous portait vers un monde inconnu de lumière.

DANS LA BRUME

A Jules Gaillard.

Par les matins d'hiver, que de fois au hasard,
Quand Paris est plongé dans une vapeur grise,
On regarde au milieu de la rue indécise
Un fin profil de femme errer dans le brouillard !

La vague silhouette attire le regard ;
Elle a, toute voilée, une pâleur exquise ;
On saisit une ligne où rien ne se précise,
Et qu'on voit lentement s'effacer à l'écart.

Le brouillard s'affaiblit ; bientôt il s'évapore.
Mais un charme nous tient, et le ciel garde encore
Une lumière trouble à travers son réveil.

A des contours tremblants le regard s'accoutume,
Et le léger profil qui flottait dans la brume,
Semble encor tout voilé, quand il passe au soleil.

LE DIMANCHE DES MENDIANTS

A Jean Dolent.

Quand les familles de bourgeois
Qu'on voit passer à la barrière
Vont s'ébattre à l'ombre des bois,
Les mendiants prennent parfois
Un dimanche sur leur misère.

Ils ont laissé là, vide ou plein,
Le sac de toile usée et noire,
Où l'on met l'aumône du pain;
Ils rêvent du verre de vin
Que sous la tonnelle on va boire.

Ils vont goûter, comme un client,
Le petit bleu qui les enivre.
Ils sont bien servis en payant :
De leurs hontes de mendiant
Une bouteille les délivre.

Alors quand ils ont la gaîté
Qu'hier ils ne connaissaient guère,
Pensent-ils à la charité
Que demandait leur pauvreté,
En murmurant une prière?

Ils ont oublié tous leurs maux,
Toutes les injures maudites,
Et leur lit dans les hôpitaux,
Et les sinistres écriteaux
Des mendicités interdites.

Le riche seul n'a pas d'oubli.
En voyant le pauvre en goguettes,
Dont le verre s'est trop rempli,
S'en aller d'un pas affaibli,
Il voudrait fermer les buvettes.

Mais s'il est las de mendier,
L'indigent a droit au chômage.
L'aumône peut bien s'oublier,
Lorsqu'il a, comme un ouvrier,
Fait les six jours de son ouvrage.

Prends le bonheur sous tes haillons,
Bon mendiant qui désespères;
Sur les places, près des maisons,
Marche en répétant les chansons
Des joueurs d'orgue, tes bons frères.

Va sans souci du lendemain.
Goûte la paix et la paresse;
Et puisses-tu sur ton chemin,
En tâtant les murs de la main,
Trouver quelque jeune pauvresse! ,

Si l'aumône une fois y perd,
Vous irez tous deux, et qu'importe?
Quittant pour le ciel grand ouvert
Vos lits où l'on est mal couvert,
Vous endormir sous une porte.

. . . 1870.

I.

AU PRINTEMPS

A Louis Boulé.

Quand le sol rajeuni revit dans la lumière,
Nos regards en pleins champs aiment à se plonger.
Le vent flotte plus tiède à l'horizon léger;
C'est le réveil d'avril dans sa fraîcheur première.

Tout s'anime, l'enclos, la ferme et la chaumière,
Un rideau de feuillage a caché le verger;
Sous les buissons grimpants qui viennent l'ombrager
Fleurit l'étroit sentier où passe la fermière.

Elle a, dans sa rustique et vivante beauté,
Tout un charme nouveau, sous la jeune clarté;
Un frisson de soleil dans sa jupe se pose.

Son corsage est ouvert sur des seins palpitants;
Elle semble elle-même, ardente et le teint rose,
L'image vigoureuse et saine du Printemps.

SOUS BOIS

A André Theuriet.

Derrière les taillis qui ferment l'horizon,
Au cœur de la forêt s'entr'ouvre une clairière.
Des fouillis d'arbrisseaux y dressent leur barrière;
La haie en fleurs y forme une étroite cloison.

La mousse et l'herbe fine, en poussant à foison,
Ont couvert le sentier qui borde la lisière;
Un mince filet d'eau vient mouiller la bruyère,
Et la fauvette y boit, l'aile dans le gazon.

C'est un abri charmant que ce nid de feuillage;
Tout, même notre cœur, se fait à son image;
Notre rêve y devient plus vague et plus léger.

Il ressemble au rayon égaré qui se voile,
Et qui va sous un dais de branches se plonger,
En y laissant à peine une clarté d'étoile.

TEMPS D'HIVER

A Gustave Rivet.

La brume s'étend sur la plaine ;
L'horizon est vide et noyé ;
Les branches que le vent entraîne
Craquent dans le bois dépouillé.

C'est l'hiver : la rivière est prise ;
Le sol garde encor des frissons.
Sous le dur toucher de la bise,
Les toits de chaume ont des glaçons.

Rien au loin : sans savoir s'il gèle,
A peine, là-bas, à l'écart,
Passe une vieille qui chancelle,
Forme vague dans le brouillard.

Et l'on croirait que c'est l'Année
Qui s'éloigne sous le ciel gris,
Suivant la route abandonnée,
Et les bras chargés de débris.

L'AMOUR DE CLAIRE

A Anatole France.

L'AMOUR DE CLAIRE

I

Je suis toujours ravi de la voir au passage.
Sans me montrer beaucoup, sûr d'être reconnu,
Car déjà d'un aveu j'ai recueilli le gage;
Je cherche à son volet le signe convenu.

Elle est là; son regard me prévient et m'invite,
Derrière les rideaux entr'ouverts avec soin;
Il arrive pourtant que je passe trop vite :
Elle sourit parfois, quand je suis déjà loin.

D'un regard inquiet je cherche sa fenêtre,
En détournant la tête avec un air d'ennui;
Et j'ai le temps de voir, avant de disparaître,
Quelque voisin qui prend son sourire pour lui.

II

Je puis mentir un peu, lorsqu'il faut te séduire.
Viens demain avec moi, comme tu l'as promis.
Te voir, c'est avant tout ce que mon cœur désire;
Et nous irons aux champs ainsi que des amis.

Nous passerons à deux quelques heures à peine.
Si tu me le permets, je t'offrirai le bras;
Souvent on cause peu, pendant qu'on se promène;
Et je marcherai seul, dès que tu le voudras.

Je suis, tu le sais bien, très lent de ma nature.
Nous nous embrasserons peut-être une ou deux fois;
Et nous ne ferons rien de plus, je te le jure,
Même si nous allons nous perdre au fond des bois.

III

Comme elle me l'avait promis, elle est venue ;
Ce matin, je l'ai vue entrer en rougissant ;
Elle voulait partir, mais d'un mot plus pressant
    Près de moi je l'ai retenue.

Elle a, sans me répondre, écouté mes aveux ;
Je la sentais trembler, plus lente à se défendre ;
Elle est sortie enfin, me laissant tout heureux
    Des baisers que j'ai pu lui prendre.

Et maintenant je songe au bonheur effacé ;
Je la revois encore attentive et muette,
Et je trouve partout où sa robe a passé
    Un frais parfum de violette.

IV

Je veux que mon logis avec goût soit paré;
Tu peux, autour de moi, disposer à ton gré
    Un accord de choses légères.
Suivant un art exquis, fait pour parler aux yeux,
Je verrai s'assortir les tons harmonieux
    Des étoffes que tu préfères.

Tes désirs sont les miens, et j'accepte ton choix;
Qu'un luxe ingénieux s'étale sous tes doigts.
    A tes caprices je me livre,
Même si pour te suivre en ton goût raffiné,
Dans un air languissant et presque efféminé,
    Tu veux un jour me faire vivre.

V

Au retour du printemps, le noir ne te va pas.
Si tu veux t'habiller, et me plaire, il faut prendre
Quelque fraîche couleur, quelque nuance tendre ;
Mets, comme l'autre jour, ton costume lilas.

Tu le trouves trop simple avec la garniture ;
Suspends à ton corsage un nœud de tulle blanc ;
Jette un peu de dentelle à côté du volant ;
Ces blancheurs égaieront le fond de ta parure.

Alors tu seras bien telle que je le veux ;
J'irai prendre une fleur, une fleur naturelle,
Et je la placerai, pour que tu sois plus belle,
Sous ton chapeau de paille, au bord de tes cheveux.

VI

Tout mon cœur va vers toi, dans un élan profond.
Je me perds dans l'extase où mon être se fond :
     Quand tu me donnes tes caresses,
Quand tu viens doucement t'asseoir à mon côté,
Chacun de tes baisers m'entraîne, et ta beauté
     Me jette en de longues ivresses.

L'amour qui me poursuit me tourmente sans fin.
J'ai cette passion qu'on veut calmer en vain;
     Et, sans force contre moi-même,
Dans mes bras entr'ouverts je voudrais te tenir,
Dussé-je te blesser, dussé-je te meurtrir,
     Pour mieux te prouver que je t'aime.

VII

Bien longtemps je me suis caché ;
J'avais peur d'une confidence ;
Et mes amis m'ont reproché
De garder toujours le silence.

J'ai changé, je me suis ouvert ;
Mon cœur s'est livré sans rien craindre.
Sans savoir si j'avais souffert,
Ils m'ont reproché de me plaindre.

Tu m'aimes sans leur ressembler.
Mais il faut que je te résiste ;
Tu veux toujours me consoler,
Comme si j'étais toujours triste.

VIII

Mon amour est souvent mélancolique ; un rien
Suffit pour me remplir d'une immense tristesse.
C'est un tourment profond et que je connais bien
De trouver l'infini jusque dans la tendresse.

Tes baisers m'ont laissé le cœur inassouvi.
Lorsque tu n'es plus là, je te cherche et t'appelle ;
Je voudrais ressaisir l'ardeur qui m'a ravi,
Et puiser sur ta bouche une fièvre nouvelle.

Contre ce mal secret ta bonté me défend.
Tu viens m'offrir encor l'amour dont tu me charmes ;
Et pourtant je me sens plus faible qu'un enfant,
Et par besoin d'aimer je verserais des larmes.

IX

Tu viens de me manquer pendant huit jours entiers.
Je me demande en vain ce qui t'a retenue ;
Mon cœur est patient, il attend volontiers,
Et pourtant j'ai souffert une peine inconnue.

Je te croyais malade ; et déjà j'avais peur.
Malade ! ta santé, tu le sais, m'est si chère !
Sous un pressentiment inquiet et trompeur,
Tu ne te doutes pas comme on se désespère.

Tu reviens cependant : je craignais un danger,
J'avais cette douleur qui nous vient de l'absence ;
Et toi tu m'as laissé souffrir d'un cœur léger,
Par pur oubli de moi, par simple négligence.

X

Tes doigts, accoutumés à manier l'aiguille,
  Sont minces comme des fuseaux.
J'aime à voir se fermer et s'ouvrir les ciseaux
  Dans tes beaux doigts de jeune fille.

Ils s'arrêtent parfois : l'étoffe aux fins réseaux
  Retient leur course vive et frêle.
Je les vois repartir, ainsi que des oiseaux,
  Avec la vitesse d'une aile.

XI

Dès les premiers beaux jours tu cours à la campagne.
Tu veux revoir l'enclos humide et délaissé;
Les bourgeons et les fleurs en un jour ont poussé;
Tu reviens, et l'odeur des lilas t'accompagne.

Que ne me disais-tu que c'était le printemps?
A la porte des champs j'aurais voulu te suivre,
Pour goûter avec toi l'air pur qui fait revivre,
Sous le ciel bleu rempli de souffles palpitants.

A deux, on jouit mieux de ce premier voyage.
Tu n'aurais pas pris garde à l'air frais du matin,
Et tu m'aurais conduit sur quelque banc lointain,
Comme pour nous cacher dans un nid de feuillage.

XII

Tu dormais ce matin, tandis que le soleil
T'inondait de ses flots, dont la chambre était pleine.
Je voulais en entrant surprendre ton réveil;
    J'ai senti passer ton haleine;
Et tes beaux seins battaient d'un mouvement pareil.
Je me suis éloigné n'osant troubler qu'à peine
    Le murmure de ton sommeil.

XIII

Ton balcon est orné de plantes exotiques.
Mais pour faire un bouquet qui soit bien à mon choix
Tu viens de réunir de simples fleurs rustiques,
Le jasmin, l'anémone et le muguet des bois.

Il ne faut pas pourtant que ce bouquet repose
Dans quelque jardinière à l'éclatant décor.
Laisse avec ses bergers, toujours vêtus de rose,
La porcelaine blanche où court un filet d'or.

Ces fleurs doivent parer le vase de faïence;
Des bleuets y sont peints, en guirlandes tressés,
Et brillent sur le fond modeste d'apparence,
A quelques brins d'épis fraîchement enlacés.

XIV

La mode est aux oiseaux qu'on porte avec des fleurs;
Elle a dans sa coiffure un petit oiseau-mouche.
Prêt à voler encor, de ses vives couleurs
Il pare ses cheveux que chaque plume touche.

Elle avait l'an passé, quand elle s'habillait,
Attentive à choisir des teintes gracieuses,
A son chapeau de paille une touffe d'œillet,
Quelques brins de bruyère et des roses mousseuses.

J'aime mieux cet oiseau, tant il semble vivant.
Un battement furtif anime son plumage;
Il est léger comme elle, et je pense souvent
Que de son cœur de femme il me montre l'image.

XV

J'observe avec un charme étrange et singulier
Le rêve qui remplit tes yeux visionnaires.
Pour échapper plus vite au monde familier,
Tu prends l'essor au fond des cieux imaginaires.

Lorsque tu suis ainsi, sans but et sans raison,
De ton esprit pensif la pente naturelle,
Comme dans une douce et secrète prison,
Tu restes près de moi, tout en battant de l'aile.

Mais j'ai peur cependant, j'ai peur de l'inconnu ;
Tes désirs ont troublé mes tendresses si chères,
Et ton cœur près du mien semble mal retenu,
Quand il entend l'appel des pressantes chimères.

XVI

Par ces matins d'hiver, assise dans ta chambre,
    Sans peur du froid qui te pâlit,
Tu regardes monter les brumes de décembre
Et la langueur du ciel te gagne et t'affaiblit.

Tu me plais cependant, quoique un peu maladive.
    J'aime ta légère beauté ;
La couleur de ta joue est moins pure et moins vive ;
Qu'importe l'incarnat dont brille la santé ?

Sous l'exquise pâleur que ton doux mal te donne,
    Si ton sang perd son jet vermeil,
Tu gardes la douceur de ces roses d'automne
Qui fleurissent encor par les jours sans soleil.

XVII

Puisqu'il faut raffermir ta santé languissante,
C'est trop rester ici : pars, malgré mon tourment.
Je t'aimerai de loin; je te fais le serment
Que tu seras toujours pour moi la chère absente.

Je sais me consoler avec le souvenir.
Quand des baisers perdus le regret nous demeure,
L'échange des pensers qu'on fait à la même heure,
Dernière illusion, vient encor nous unir.

Je pousserai mon cœur à l'erreur la plus tendre,
Pour te prouver combien mon amour te poursuit.
Et je te parlerai dans mes rêves la nuit,
Comme si tu pouvais revenir et m'entendre.

XVIII

Ton dahlia se meurt dans le vase de Chine;
Tes roses de Bengale ont perdu leurs couleurs;
L'abandon a jauni la frêle mousseline
De tes petits rideaux fanés comme des fleurs.

Il est temps de revoir les choses bien-aimées.
Dès que sera venu le moment du retour,
Et que tu rouvriras tes fenêtres fermées,
Tout va fleurir encore à la clarté du jour.

Le printemps reparaît lorsque tu le ramènes;
Et moi que ton départ laissait tout engourdi,
Je croirai que tu viens apportant à mains pleines
Des rayons de soleil pris au ciel du Midi.

XIX

Nous sommes assis près du feu;
J'entends battre ton cœur qui tremble.
Sur la pente du même aveu
Nous nous trouvons encore ensemble.

Faisons comme ces vieilles gens
Qui revivent par la mémoire.
Si nous en sommes négligents,
Notre bonheur a son histoire.

Mais à quoi bon se souvenir?
Mieux vaut aimer sans qu'on y pense;
Notre amour a tout l'avenir,
Et c'est à peine s'il commence.

D'aucun doute il n'est obscurci;
A de longs espoirs il se livre.
Nous n'avons tous deux qu'un souci,
Le souci de nous laisser vivre.

Tu ne me réponds qu'à demi.
Déjà sans que je te retienne,
Et sans que ton cœur ait frémi,
Ta main retombe avec la mienne.

J'ai cru recevoir des adieux
Sous l'étreinte dont tu me presses.
Et le sommeil ferme tes yeux
En se mêlant à nos caresses.

1874-1875.

PAYSAGES

PAYSAGES

1

CHEMIN RUSTIQUE

A Octave Uzanne.

La route en contre-bas s'incline
A travers les champs espacés ;
Elle franchit sur la colline
Des ravines et des fossés.

Un mamelon couvert de vignes
Domine le terrain boisé,
Que borne avec ses grandes lignes
L'horizon confus et brisé.

Mais voici déjà les cultures,
L'orge, le maïs et le blé.
Partout la nappe des verdures
Au souffle du vent a tremblé.

Encore un chemin que l'on croise :
Et le hameau se montre au loin,
En découpant ses toits d'ardoise
Sur un large champ de sainfoin.

I

MATIN D'ÉTÉ

A Angel Ingold.

Couché sous le ciel matinal,
Que l'aube pâle effleure à peine,
Le village au bord du canal
Repose au milieu de la plaine.

On n'entend d'autre bruit vivant
Que la plainte de l'eau qui passe;
Les ailes d'un moulin à vent
Pendent lourdement dans l'espace.

Sous un large flot de soleil,
Bientôt la campagne s'anime;
L'air a secoué son sommeil;
Le jour jaillit de cime en cime.

Les prés et les champs réveillés
Brillent dans les clartés nouvelles ;
Et des moulins lourds et mouillés
On voit tourner les grandes ailes.

III

MARINE

A Paul Christian.

Au revers des terrains crayeux,
La plaine est déserte et sauvage;
Rien au loin ne distrait les yeux
De la route jusqu'au rivage.

On ne rencontre sous ses pas
Qu'un plateau semé de bruyères,
Que des champs en friche, et là-bas
Le bois avec ses fondrières.

A l'horizon gris et changeant
Se montre enfin un coin de plage;
La mer, d'une ligne d'argent,
Vient animer le paysage.

3.

Des prés bordent de leurs fraîcheurs
Les coteaux voilés par la brume.
Voici des bateaux de pêcheurs ;
Le toit d'une chaumière fume.

Et dans un reflet ondoyant,
Qui fond en vapeurs violettes,
Le ciel luit, clair et souriant,
Battu par le vol des mouettes

A CLAIRE

A TRAVERS CHAMPS

A Théodore Aubanel.

A CLAIRE

A TRAVERS CHAMPS

I

Heureux, dès le départ, de nous mettre en voyage,
Vers d'autres horizons nous sommes emportés.
La campagne est à nous ; nous frôlons au passage
Des rameaux de lilas épars de tous côtés.

Je te vois près de moi naïvement ravie.
Tu jettes sans souci les yeux sur le chemin ;
Cette échappée à deux qui nous faisait envie,
Dis-moi, faut-il encor la remettre à demain?

Tu ne dis rien, distraite, et cependant plus tendre ;
Et tu souris déjà, d'un air moqueur et doux,
En regardant la route où tu viens de surprendre
Des couples d'amoureux en fuite comme nous.

II

A l'horizon s'étend jusqu'à perte de vue
La ligne des coteaux et des champs cultivés;
Tu regrettais les bois; tu les as retrouvés;
Ils traversent la plaine, et bornent l'étendue.

Mais Paris n'est pas loin; tu peux encore revoir
Ses toits gris découpés dans la brume légère.
Quand je suis avec toi, je ne m'écarte guère;
Nous pouvons, si tu veux, repartir chaque soir.

Et même, si déjà quelque regret te gagne,
Une heure nous suffit, une heure seulement,
Pour nous trouver encor dans cet appartement
Où tu rêvais hier d'aller à la campagne.

III

Je veux te réveiller demain avant le jour.
Malgré l'air vif des champs tu dormiras sans doute ;
Sans songer jusqu'au soir à l'heure du retour,
    Des bois suivant chaque détour,
Nous descendrons la côte, et prendrons la grand'route.

A travers les jardins que tu vois s'étager,
Nous irons reconnaître au loin le clair village,
Qui dresse ses toits bleus au bord du ciel léger.
    Nous irons tous deux nous plonger
Dans quelque abri lointain tout couvert de feuillage.

Lorsque nous reviendrons en causant à mi-voix,
Nous serons un peu las du chemin qui s'incline ;
Et je t'embrasserai sans bruit au cœur des bois,
    Tout en effeuillant sous mes doigts,
Dans les plis de ta robe, un rameau d'aubépine.

IV

L'ombre est rare dans le jardin.
Le soleil ardent, qui ruisselle,
Laisse en tombant près du chemin
Dans chaque feuille une étincelle.

Il est midi : tout en rêvant,
Nous suivons des yeux l'eau courante.
On n'entend plus le bruit du vent
Qui jetait sa plainte mourante.

Voisin du vieux mur où se tord
Le vert enlacement du lierre,
Un acacia près du bord
S'épanouit dans la lumière.

D'un vol inégal et troublé,
Des oiseaux viennent en silence
S'abattre sur l'arbre isolé
Dont le feuillage se balance.

Ils s'appellent avec des cris,
A peine ont-ils fermé leur aile,
Quand l'ombrage les a surpris,
Qu'ils vont repartir pêle-mêle.

Ils effleurent en s'envolant
La cime des petites branches,
Et de l'acacia tremblant
Font tomber sur l'eau les fleurs blanches.

V

Par les chemins montants, par les sentiers couverts,
    Au tournant des hautes collines,
La fraîcheur du printemps embaume les prés verts;
Les coteaux sont bordés de buissons d'aubépine.

On a, près du village, et jusqu'au bord de l'eau,
    Un rideau changeant de verdure;
Quelque chose pourtant manquerait au tableau,
Si Paris ne mêlait ses bruits à la nature.

Au détour d'un ravin qu'on suit à petits pas,
    Dans des bois taillis on s'engage;
On est surpris d'entendre à l'horizon, là-bas,
La musique d'un bal perdu dans le feuillage.

VI

Les troupes d'amoureux qui viennent de Paris
Encombrer le chemin des bois chaque dimanche
S'en vont partout avec leurs rires et leurs cris
Étaler sans façon leur gaîté qui s'épanche.

On dirait, à les voir, qu'ils s'aiment plus que nous.
Quand un jour de beau temps dans les champs les amène,
Ils savent, en prenant ici leur rendez-vous,
Qu'il dure jusqu'au soir quelques heures à peine.

Mais nous, rien ne nous presse et nous ne partons pas;
Nous songeons sans envie à leur amour qui passe,
Car nous avons des mois pour nous aimer là-bas,
Et c'est assez d'un jour pour effacer leur trace.

VII

La rivière qui passe au bord de la forêt
Baigne notre maison dont le toit apparaît,
    Peint d'un trait clair sur l'eau qui file.
Les fenêtres, les murs, la porte et les volets
Se découpent, saisis par de légers reflets
    Dans ce miroir frêle et mobile.

Et toi, tu viens aussi te pencher quelquefois
Sur la berge, à côté des clôtures de bois.
    Le soleil touche ton visage;
Et tout en emportant, sur ses bords élargis,
L'ombre du mur voisin et de notre logis,
    L'eau fuit, en gardant ton image.

III

Quand on vient de sortir du sentier retiré,
On trouve à quelques pas, en allant vers la rive,
Un berceau de lilas qui semble préparé
Pour y rester assis, lorsque le soir arrive.

C'est un petit asile où tout est rapproché.
On y devient pensif au bruit de l'eau qui passe;
On ne pourrait choisir un endroit plus caché
Pour y parler d'amour, longuement, à voix basse.

On joint les mains, le cœur est saisi d'un frisson;
Et les aveux sans fin se pressent à la bouche,
Tandis qu'on voit au loin, sous un dernier rayon,
Pâlir la grande allée où le soleil se couche.

IX

Tes yeux ont la couleur de la source ou tu bois.
Les baisers que je prends sur tes lèvres pressées
Font le doux bruit de l'eau qui glisse dans les bois,
Sur un lit de verdure et de feuilles froissées.

Ta voix vive et légère est comme l'eau qui fuit.
Elle chante comme elle et comme elle soupire;
Des sanglots de la source elle a gardé le bruit;
Le murmure de l'eau résonne dans ton rire.

Et dans ton âme aussi coule un flot bien caché,
Flot pur d'illusions si doucement versées;
On croirait que la source où ta lèvre a touché
Laisse en toi sa fraîcheur mêlée à tes pensées.

X

Tu passais tout en noir avec un voile bleu.
Tes cheveux blonds flottaient, rejetés en arrière ;
Et le soleil couchant, dans un dernier adieu,
Laissait dans tes beaux yeux s'égarer sa lumière.

Tu courais, sans m'attendre, à travers les taillis;
Tes pieds foulaient la mousse où tu t'étais assise;
Les profondeurs du bois, à mes yeux éblouis,
Te cachaient dans les flots de leur ombre indécise.

Le soir, autour de nous, tombait en soulevant
Les feuillages épars et les verdures frêles;
Et je croyais, trompé par les soupirs du vent,
Que tu venais de fuir, avec un grand bruit d'ailes.

XI

Nous avons des amis qui nous rendent visite.
Ils viennent, la plupart, le dimanche matin;
        Pour partir souvent on hésite,
Comme s'il s'agissait d'un voyage lointain.

Nous les voyons de loin, assis sur la terrasse;
Tes yeux quittent ton livre, et, te levant soudain,
        Tu veux, avec ta bonne grâce,
Toi-même leur ouvrir la porte du jardin.

Tu leur réponds déjà d'un salut; et, bien vite,
Tu cours au-devant d'eux, avant d'avoir songé,
        Tandis que ta voix les invite,
Que tu vas apparaître en simple négligé.

XII

Sous les genêts en fleurs, les coteaux ont jauni :
Des buissons de mûriers grimpent sur les murailles ;
Sur le terrain boisé croissent à l'infini
    L'herbe, la mousse et les broussailles.

Les arbustes épars à travers les sentiers,
Tout le long des talus, cachent des blocs de pierre ;
Sous les sveltes bouleaux, au pied des noisetiers,
    Courent des touffes de bruyère.

Mais l'eau sort d'une roche, et le sol est plus frais ;
Nous retrouvons enfin, sur les pentes fleuries,
Après l'odeur sauvage et l'ombre des forêts,
    La nappe fraîche des prairies.

XIII

Nous irons en suivant les bois, si tu m'écoutes,
Jusqu'au bord du ravin planté de saules creux.
On trouve plus souvent aux champs les amoureux
Dans les petits sentiers que sur les grandes routes.

Par ces chemins perdus nous aimons à passer.
Notre amour s'y repose, et souvent y demeure.
Nous partirons après une halte d'une heure,
Et puis, nous marcherons encor sans nous lasser.

Quand je suis avec toi, quand rien ne nous sépare,
J'aime que le hasard nous prenne par la main;
Nous irons devant nous, sans souci du chemin :
Tant mieux s'il nous conduit, tant pis s'il nous égare!

XIV

Partout des cris d'oiseaux s'échappent des buissons ;
Un bruit d'ailes remplit le ciel bleu de frissons ;
    A travers la feuillée obscure
S'étend au fond des bois un immense concert ;
Je ne sais quelle ardeur où tout être se perd
    Éveille ce vaste murmure.

Et nous aussi nos cœurs ont soudain tressailli.
Chaque baiser m'entraîne, à peine recueilli ;
    Notre amour nous verse sa flamme.
Nous jetons devant nous, partout où nous passons,
L'essaim harmonieux des joyeuses chansons
    Qui prennent leur vol dans notre âme.

XV

Non loin du pavillon que les fleurs ont caché,
Les jasmins, en grimpant avec le chèvrefeuille,
Ont embaumé l'abri que nous avons cherché,
Afin que notre amour s'y tienne et s'y recueille.

L'ombre du mur voisin vient tomber à nos pieds;
Un rayon, en tremblant, sur ta jupe se pose;
Le vent, derrière toi, pendant que tu t'assieds,
Balance le troène et l'aubépine rose.

Pas un bruit : le feuillage à peine est agité.
Le jardin s'assoupit, caressé par la brise;
Et nous sentons venir languissamment l'été,
Qui passe autour de nous, sans hâte et sans surprise.

XVI

Dans nos courses du soir, souvent à l'aventure
    Nous nous égarons pas à pas :
Je te laisse parler et ne te réponds pas ;
Des mots que tu me dis j'écoute le murmure.

Ta démarche est plus lente ; on nous croirait lassés.
    Un bouquet de bois nous arrête :
Tu fermes tes grands yeux, et tu penches la tête ;
Sur un lit de gazon nous tombons enlacés.

Prise sous mes baisers, longuement tu demeures
    Le front appuyé dans mes bras.
Tu ne me parles plus : nous nous aimons tout bas
Sans souci de la fuite inquiète des heures.

XVII

Près de la haie en fleurs, nous avons mis la table
Sous la vigne qui grimpe autour du mur voisin.
Le pampre où vont mûrir les grappes de raisin
Nous fait de sa verdure un voile impénétrable.

Le soleil, en tombant, nous crible de traits d'or.
Partout le ciel est lourd ; la légère bouffée
Que le vent nous apporte est bien vite étouffée,
Et l'épaisse chaleur nous enveloppe encor.

Nul bruit autour de nous que celui d'une abeille.
Elle vient près de toi ; tu la chasses en vain ;
Elle va se noyer dans un verre de vin,
Après avoir longtemps voltigé sous la treille.

XVIII

Je te trouve toujours une étrange harmonie
Avec les champs, les bois, l'eau courante et le ciel.
Tu sembles, au milieu d'un accord éternel,
A la vague nature incessamment unie.

Quand tu vas te baigner, quand sur le sable fin,
Aux caresses du flot ton corps frêle se livre,
Ton image mobile avec l'eau semble vivre ;
L'eau cache en t'effleurant la courbe de ton sein.

Tu glisses près du bord, baigneuse peu craintive ;
Tu fuis, toute tremblante, au milieu d'un frisson,
Avec le petit flot qui touche le gazon,
Et qui va lentement mourir loin de la rive.

XIX

C'est la moisson : déjà les gerbes sont liées :
Les paysans sont las, et cherchent le repos.
Ils cheminent le long des terres dépouillées;
Tu les vois, tout pensifs, les épaules pliées,
Sous le ciel d'or du soir, suivre leurs chariots.

Ces grands travaux des champs doivent toujours nous plaire.
Bientôt, de l'épi mûr, le grain aura roulé;
Les moissonneurs seront à l'ouvrage sur l'aire,
Et par les chaudes nuits, qu'un doux rayon éclaire,
Tu les verras danser près des meules de blé.

XX

J'aime de tes grands yeux l'éclat mélancolique.
Lorsqu'ils semblent voilés, ils ont encore en eux,
D'un horizon lointain, étrange et lumineux,
L'image palpitante et le reflet mystique.

L'amour profond du rêve en ton cœur s'est uni
Au regret d'un pays absent qui se révèle.
Tes regards vont chercher une flamme nouvelle,
Quand ils errent au loin séduits par l'infini.

Ils vont vers l'inconnu, que le désir devine,
S'imprégner de l'azur, largement reflété,
Pour retrouver au sein d'un monde de clarté
Le foyer éternel de leur flamme divine.

XXI

L'eau du bassin, qui dort sous un lit de gazon,
  D'un reflet changeant est troublée.
Le soleil à travers l'ombrage de l'allée
Te poursuit, tiède encor, de son dernier frisson.

Le visage à demi caché par ton ombrelle,
  Sous le chapeau de tulle blanc,
Tu tiens les yeux baissés dans le rayon tremblant
Qui jette des lueurs jusque dans la dentelle.

Mais le jardin bleuit dans les vapeurs du soir ;
  Et, pâle, tu marches dans l'ombre,
Emportant lentement, sous le feuillage sombre,
La dernière clarté qui meurt dans le ciel noir.

XXII

Charme frêle et tremblant de ces tièdes journées !
D'un éclat affaibli le soleil a brillé.
Aux lisières du bois si tôt abandonnées,
Une première feuille a déjà tournoyé.

Doutons-nous de l'hiver, lorsque tout nous l'indique,
La brume autour des toits, le givre dans les champs ?
Peux-tu croire à l'été, quand l'horizon rustique
N'apparaît qu'à demi, sous les soleils couchants ?

Oh ! les tièdes désirs que notre amour nous donne !
Où donc est la gaîté des beaux jours, des cieux bleus ?
Tu te ressens déjà des frissons de l'automne,
Et ton baiser si tendre est devenu frileux.

XXIII

Les quinconces lointains, frappés par la lumière,
    Ont reçu l'assaut de l'été.
Le combat touche enfin à son heure dernière,
Et dans le ciel meurtri s'efface la clarté.

Le soir, en se plongeant sur les plaines voisines,
    Effleure le bois assombri.
Sous l'étroite charmille, où montent les glycines,
L'ombre augmente, et déjà vient couvrir notre abri.

Une rumeur lointaine agite la verdure;
    La nuit répand un lourd sommeil;
Nous entendons encor, triste et dernier murmure,
Passer dans un sanglot les adieux du soleil.

XXIV

L'été nous a menés dans un nid de feuillage;
Nous avons au grand air retrempé notre amour.
Nous laisserons bientôt l'humble toit du village;
L'hiver va revenir, l'hiver est de retour.

Mais si l'amour heureux vit toujours de lui-même,
Que nous importe à nous de changer d'horizon?
Nous allons retrouver le logis où l'on s'aime,
Malgré les premiers froids et la dure saison.

Comme un oiseau captif tu replieras tes ailes;
Et pendant les longs soirs, occupés à veiller,
Nous revivrons blottis en amoureux fidèles,
A la place tracée, à côté du foyer.

Octobre 1875.

SONNETS INTIMES

A Louis Ratisbonne.

SONNETS INTIMES

I

MARS

Mars est toujours pour nous le mois des giboulées ;
Il nous ramène encor le givre et le grésil :
Le froid a fait mourir nos oiseaux du Brésil ;
Il a sur ton balcon flétri nos giroflées.

Le vent souffle et la pluie inonde les allées ;
Les arbustes en fleurs sont peut-être en péril ;
Que faire ? en attendant le gai soleil d'avril,
Nous demeurons chez nous, par crainte des gelées.

Mais bien souvent aussi le logis n'est pas sûr ;
Nous rêvons à l'hiver, quand le ciel est moins pur ;
Morose à tes côtés, la tristesse m'effleure.

Et toi, dont le sourire illumine mes yeux,
Je ne sais trop pourquoi tu changes à toute heure,
Plus variable encor que ce mois pluvieux.

II

NUIT D'OCTOBRE

Le ciel est pur ce soir : dans la grande avenue,
D'où le froid écartait nos pas aventureux,
La lune, d'un reflet indécis et poudreux,
Blanchit des toits voisins la ligne bien connue.

Comme pour enchanter nos rêves d'amoureux,
La nuit, limpide encor, déroule sous la nue,
A travers la campagne inerte et toute nue,
Son sommeil délicat, magique et vaporeux.

On dirait que l'été cherche encore à revivre ;
Mais demain nos carreaux seront couverts de givre ;
Je prendrai sur ta lèvre un baiser tout glacé.

Comme dans le ciel pâle et la vitre étoilée,
Cette trompeuse nuit d'octobre aura laissé
Sur ton teint rose un peu de sa blancheur gelée.

III

PRÈS DU RUISSEAU

Pour me perdre avec toi dans un rêve sans fin,
Je veux m'asseoir encor sur un banc de verdure,
Au bord de ce ruisseau qui coule à l'aventure
Sur un tapis de mousse et sur le sabie fin.

Sous les rosiers en fleurs, l'ombre est limpide et pure ;
Des branches de lilas s'effeuillent sur ton sein ;
Écoute : au bruit de l'eau qui fuit dans le bassin,
Nos baisers amoureux accordent leur murmure.

Et cependant l'eau passe et nos baisers s'en vont ;
Mais l'eau revient toujours ; un flot large et profond
Se déroule à nos pieds, renouvelé sans cesse.

Et notre amour aussi coule sans s'épuiser ;
Sur ta lèvre je trouve encore une caresse,
Et je puis toujours boire au flot de ton baiser.

IV

AUTOUR DU PUITS

A Maurice Faure.

Le vieux puits est caché, comme sous un berceau,
Par le toit chancelant que tapisse le lierre;
Avril a répandu de sa main familière
Des guirlandes de fleurs tout autour de l'arceau.

Laissant ses grands cheveux s'échapper du réseau,
Et flotter sur son cou revêtu de lumière,
Elle vient quelquefois se pencher sur la pierre,
Et puiser l'eau limpide en y plongeant le seau.

La corde entre les mains, elle est là sans défense;
Je voudrais l'embrasser; mais lorsque je m'avance,
De peur d'être surprise, elle ne fait qu'un bond.

Mon baiser est perdu, trop brusque et trop rapide;
La corde fuit sa main, et glisse dans le vide,
Et le seau rempli d'eau retombe jusqu'au fond.

V

L'ESCARPOLETTE

Près des grands bois pâlis par le soleil d'automne,
Sur une escarpolette elle vient de s'asseoir.
Ses cheveux dénoués flottent au vent du soir :
Sa robe aux plis traînants s'entr'ouvre et s'abandonne.

Au milieu d'un ruisseau, dont l'eau vive frissonne,
En se berçant, les yeux baissés, elle aime à voir
Les arbres refléter, comme dans un miroir,
Leur feuillage troublé par le vent monotone.

Au murmure de l'eau son rêve s'est uni ;
Mais son cœur a toujours l'amour de l'infini ;
Les larges horizons appellent son audace.

Ses yeux quittent le sol en un dernier adieu ;
Elle semble, d'un bond s'élançant vers l'espace,
Avec sa robe rose entrer dans le ciel bleu.

LES PETITS CABARETS

A l'heure où nous quittons les bois
Avec le soleil qui décline,
Nous nous égarons quelquefois
Pour trouver l'auberge où l'on dîne.

Viens dans mon petit cabaret :
Un rosier grimpe sur la porte,
Et l'enseigne d'un air discret
Tombe sur une treille morte.

Entre avec moi; je vais m'asseoir
Au fond de la vieille tonnelle,
Où tu poses ton chapeau noir
Garni d'un voile de dentelle.

La nuit tombe sur le berceau
Que forme le pâle treillage;
Tu vois flotter, comme sur l'eau,
Des étoiles dans le feuillage.

Je suis heureux à tes côtés;
Ravi sans fin par nos tendresses,
J'aime les endroits écartés
Où je trouve encor tes caresses.

Pourtant je suis triste aujourd'hui.
Ah! je suis triste d'habitude!
Demain mon bonheur aura fui;
Je garderai ma solitude.

Je voudrais passer la saison,
Sans nul souci de l'existence,
Dans cette petite maison
Que remplirait notre présence.

On nous prendrait tout à loisir
Pour un jeune couple en voyage,
Qui loin de Paris vient jouir
Des premiers temps du mariage.

Les gens ne nous connaîtraient pas,
Nous dont la vie est ignorée;
On nous servirait nos repas
Sur une table séparée.

On nous donnerait pour la nuit
La chambre isolée et bien close
Où l'on goûte, loin de tout bruit,
Le long sommeil qui nous repose.

Et le matin, à ton réveil,
Tu te mettrais à la fenêtre
Pour voir le lever du soleil,
Que tu n'as jamais vu peut-être.

Qu'en penses-tu, toi dont l'amour
Dans tous mes rêves m'accompagne?
Dis, viendra-t-il jamais, le jour
Où nous vivrons à la campagne?

Pour moi, j'ai peur, quand j'ai quitté
L'humble et petite hôtellerie,
De ne plus la voir en été,
Avec sa tonnelle fleurie.

L'automne vient, et de sa main
Souvent il frappe à la même heure
Et les grands arbres du chemin,
Et les vieux murs de la demeure.

Tout meurt, puis un jour, au hasard,
Près de la grand'route on repasse :
Et l'on cherche en vain du regard
Le seuil qui gardait notre trace.

Où sont les souvenirs joyeux
Qu'on laisse partout quand on aime?
Notre cœur nous semble plus vieux,
L'amour d'hier n'est plus le même.

C'est pourtant là notre passé ;
Toi qui le sais, tu me devines,
Et l'on croit dans son cœur glacé
Retrouver aussi des ruines.

LES QUATRE SAISONS

A Louis Mettling.

Dans un costume clair où sur la mousseline
Quelques nœuds de satin jettent leurs plis flottants,
Elle a, quand vient avril, les couleurs du Printemps,
La fraîcheur des lilas et des fleurs d'aubépine.

Par les beaux jours d'Été, tremblants et vaporeux,
Habile à varier les tons, elle aime à prendre,
Sous le tulle léger d'une nuance tendre,
La couleur de l'eau claire et des horizons bleus.

A deux rangs de velours qu'à la jupe elle porte,
De sa tunique étroite accommodant les plis,
Elle a l'éclat mourant des grands arbres pâlis,
Pendant l'Automne, avec sa robe feuille-morte.

L'Hiver est revenu : dès le premier frisson,
Des blancheurs de l'hermine elle est environnée,
Et sa beauté revêt, à la fin de l'année,
La neige et les frimas de la froide saison.

TABLEAU DE FLEURS

A Grousset-Bellor.

Près du monde des fleurs, sa beauté s'est formée.
Il est des parentés qu'on apporte en naissant ;
Et je sais d'où lui vient cet éclat tout-puissant
Dont ma tendresse aveugle est sans cesse charmée.

La pervenche, l'iris et les liserons bleus
Unissent dans ses yeux leur couleur tendre et pâle ;
Le parfum du jasmin sur sa lèvre s'exhale,
Des cheveux de Vénus sont tombés ses cheveux.

Courbée entre mes bras, son épaule se penche,
Plus souple qu'un beau lis à peine épanoui ;
Son teint, dans sa fraîcheur, dont je suis ébloui,
Tient de la rose rouge et de la rose blanche.

Sous mes baisers tremblants dont l'ardeur la poursuit,
Son sein a des frissons comme la sensitive.
Son cœur pour me donner sa tendresse craintive
S'ouvre le soir ainsi que les belles-de-nuit.

Et son amour aussi, son amour que je cueille,
Si frais dans sa jeunesse, a le charme enivrant
De quelque belle fleur qu'on saisit et qu'on prend,
Sans la faner jamais, sous le doigt qui l'effeuille.

. . . 1866.

PAYSAGES ET IMPRESSIONS

PAYSAGES ET IMPRESSIONS

I

APRÈS LA PLUIE

A Émile Blémont.

Le ciel était hier caché par le brouillard.
Le soleil indécis, qui s'est levé plus tard,
Éclaire enfin les champs tout trempés par l'averse.
A travers l'infini que sa lumière perce,
Il va sur le versant des coteaux dentelés
Ranimer la pâleur des horizons voilés.
Entre les bois taillis, que la route partage,
Nos yeux ont retrouvé notre cher paysage.

Le printemps raffermit son pas irrésolu ;
Et l'on ne saurait pas, en somme, qu'il a plu,
Si le torrent grossi qui descend de la côte
Ne jetait à ses bords une rumeur plus haute,
Et n'allait, en roulant jusque vers son déclin,
Troubler la chute d'eau sous le pont du moulin.

II

LE PIGEONNIER

A Charles Terrier.

A l'ombre du vieux marronnier
Qui du château couvre l'enceinte,
La ferme dresse un pigeonnier
    De brique peinte.

Il est vide dès le matin;
Dans les champs remplis de murmures,
Partout s'étale le butin
    Des moissons mûres.

Mais le ciel est lourd : un éclair
A coupé d'un trait le feuillage;
Un tourbillon roule dans l'air;
    Voici l'orage.

Dès que l'horizon est mouillé,
Vers le toit aigu des tourelles,
S'enfuit tout le peuple effrayé
    Des tourterelles.

III

LEVER DE LUNE

A Paul Bourget.

Le long du chemin de halage,
Le soleil vient de se coucher.
Un rayon, au fond du village,
Glisse encor autour du clocher.

Dans la pâleur du crépuscule,
Nous suivons les tons indécis
De la plaine où la route ondule,
Sous les peupliers obscurcis.

La nuit tombe ; un flot d'ombre fine
S'étend dans la brume du soir ;
Mais le ciel terni s'illumine
Tout au bord de l'horizon noir.

Et nous voyons la pleine lune
Monter dans l'air lourd et brouillé,
En sortant de l'eau pâle et brune
Où l'ardent soleil s'est noyé.

IV

COIN D'HORIZON

A Paul Courty.

Un coin d'horizon bleu sur des pentes fleuries
Suffit pour retenir mes chères rêveries.
C'est assez pour fixer mon esprit curieux
De la ligne des bois qui fuit devant les yeux.
Il est bon, cependant, d'animer la nature ;
Comme en un paysage on place une figure,
Il ne me déplaît pas de voir dans mon tableau
Quelque fille des champs, assise au bord de l'eau.
Comme on suit du regard une voile qui passe
Sur la mer, qui s'allonge et s'étend vers l'espace,
J'aime à voir, à travers les champs et les vergers,
Briller, blanche au soleil, la coiffe aux plis légers.
Tout se place pour moi dans un cadre rustique,
La ferme au toit aigu que la fumée indique,
Le laboureur hâlé, la fermière en haillons,
La vieille qui tricote à côté des sillons.
Tout, même le troupeau qu'on rencontre au passage,
Sur le chemin poudreux qui mène au pâturage,
Les chevaux dételés, courbés sur l'abreuvoir,
Et l'enfant en sabots qui descend au lavoir.

6

V

BERGERIE

A Eugène Manuel.

Entre les ormeaux et les hêtres,
On entend encor retentir
　　Le frais soupir
Qu'exhalent les flûtes champêtres.

Les fifres et les chalumeaux
Savent accorder leur musique,
　　Aigre et rustique,
Au bruit du vent dans les rameaux.

Le pâtre parcourt les vallées,
Dans l'Auvergne ou dans le Quercy;
　　Son doux souci
S'échappe en plaintes désolées.

Quand il suit les fossés herbeux,
Levé dès que brille l'aurore,
　　Il aime encore
A chanter en menant ses bœufs.

Dans les prés ou sur la fougère,
Vêtu d'un costume galant
    De tricot blanc,
Sa voix appelle la bergère.

De son rêve il est le jouet.
Il sait les chansons amoureuses
    Que les fileuses
Disent en tournant le rouet.

Elle vient vers lui, les mains jointes.
Elle laisse presque à dessein
    Battre son sein
Sous le fichu de laine à pointes.

De l'ardeur qui les tient tous deux,
Ils se donnent déjà des gages
    Dans les bocages
Où l'ombre est si fraîche autour d'eux.

Le large espace les invite;
Libres de tous désirs peureux,
    Un antre creux
Les attend au bout de leur fuite.

Ils ont l'amour qui dans les bois
Les cache loin de toute approche,
    Sous une roche,
Comme les pâtres d'autrefois.

LE DINER SUR L'HERBE

A Eugène Montrosier.

Nous avions le dîner qu'on trouve à la barrière;
Elle avait près de moi déposé sans façon
Notre léger panier, qui ne l'occupait guère,
A demi renversé dans le creux d'un buisson.

Nous retrouvions partout la gaîté des dimanches.
La campagne vivait avec des bruits joyeux;
Sur les chemins du bois, remplis de robes blanches,
Des couples s'appelaient pour commencer des jeux.

On foulait en dansant le tapis des pelouses,
Aux accords de hasard des orgues ambulants;
Des familles jouaient ensemble, et les épouses
Renvoyaient aux maris la balle ou les volants.

Ces tranquilles plaisirs me jetaient dans un rêve;
Du bonheur entrevu le charme est singulier.
Dans la pensée avide où le cœur nous enlève,
Mon amour devenait bourgeois et familier.

Elle songeait aussi, perdue en son silence ;
Ses yeux baissés semblaient fermés par le sommeil ;
Et moi, je me disais : Qui sait, quand elle pense,
Si son rêve d'amante à mon rêve est pareil ?

Mais elle se leva, pleine de nonchalance.
Sa jupe se froissait aux taillis entr'ouverts ;
Elle essaya sur l'herbe un léger pas de danse,
Mêlant ses cheveux blonds à des feuillages verts.

Quand elle vint s'asseoir, lente, avec un sourire,
Je lui dis doucement, et la main dans la main :
« Je suis las de Paris ; la campagne m'attire.
Veux-tu qu'au bord de l'eau nous demeurions demain ?

« Nous cacherons ici nos tendresses fidèles.
Si trop loin du village on nous loge au hasard,
Qu'importe ? Nous serons pareils aux hirondelles,
Qui vont poser leur nid sous un toit campagnard.

« Quand nous viendrons alors, avec les jours de fête,
Retrouver dans les bois les plaisirs de l'été,
J'aurai goûté l'amour charmant que nous apprête
Ton cœur insouciant, si pur dans sa gaîté.

« Un amour frais et calme est lui-même semblable
A ces dîners qu'on fait dans la belle saison.
C'est un repas léger où notre cœur s'attable,
Heureux d'avoir la paix des champs à l'horizon.

6.

« Au doux bruit des chansons longuement éveillées
On jouit du beau temps limpide et printanier.
On n'a pas le souci des choses oubliées,
Et qui n'entreraient pas dans le petit panier. »

LA FRILEUSE

Hier encor, malgré l'hiver,
Riant du froid qui nous assiège,
Tu sortis pour voir en plein air
    Tomber la neige.

Serrant tes mains dans ton manchon,
Tu portais de chaudes parures ;
Tu relevais ton capuchon,
    Sur tes fourrures.

Le ciel était lourd et troublé ;
Tu devins toute violette ;
Ton souffle était presque gelé,
    Sous la voilette.

Tu me dis, en tremblant un peu :
« Quel temps il fait là ! Rentrons vite. »
Ah ! l'hiver, c'est le coin du feu
    Qui nous invite !

Et moi pour rentrer au boudoir
Où t'attend la molle causeuse,
J'étais presque heureux de te voir
        Toute frileuse.

— Reste avec moi, reste au logis,
Près du foyer qui te réclame;
Tu verras sur les murs rougis
        Courir la flamme.

Qu'importe la dure saison?
Du ciel froid l'hiver peut descendre,
Qüand nous sommes près du tison
        Couvert de cendre.

Le bonhomme Hiver peut s'asseoir
A nos côtés, à notre place;
Mais notre feu, si gai le soir,
        Fondra sa glace.

Nous laisserons autour de nous
S'enfuir l'heure paisible et lente;
Je te tiendrai sur mes genoux
        Toute tremblante.

Prise entre mes bras amoureux,
Ainsi qu'un enfant qui se sauve,
Tu m'ouvriras les rideaux bleus
        De notre alcôve,

Les larges rideaux attiédis,
Fermés au souffle de décembre,
Et qui nous font un paradis
    De notre chambre.

A L'AVENTURE

A L'AVENTURE

A Édouard Sylvin.

I

Près du parc discret et mondain,
Que voilent les massifs rustiques,
Elle passe dans son jardin
Tout peuplé de fleurs exotiques.

Elle-même, elle fait songer,
A voir le charme qui la pare,
A quelque climat étranger,
Comme une fleur exquise et rare.

7

Dans l'éclat de son beau teint brun,
Le soleil a laissé son hâle ;
Un étrange et riche parfum
De ses longs cheveux noirs s'exhale.

On dirait, en la regardant,
Qu'elle respire tout entière
Les désirs d'un amour ardent
Qui remplit ses yeux de lumière.

II

Ses cheveux sont d'un blond cendré :
Sous la haie en fleurs qui l'abrite,
Son visage est tout encadré
D'aubépine et de clématite.

Contre le soleil, d'une main,
Elle tient encor son ombrelle ;
Primevères, roses, jasmin,
Elle a des fleurs fraîches comme elle.

Elle a la naïve beauté,
Dont notre âme est toute ravie;
On voudrait être à son côté,
Pour y passer toute la vie.

Mais son cœur, avant de changer,
En lui-même a mis sa défense;
Nos regards ont beau s'y plonger,
Ils n'y trouvent que l'innocence.

III

Les poètes, gens curieux,
Lorsqu'ils s'en vont à l'aventure,
Regardent tout avec des yeux
Que n'arrête aucune clôture.

Ils sont heureux, sans se lasser,
De poursuivre un rêve futile;
Ils vont voir les femmes passer,
Comme on regarde l'eau qui file.

Avec un bonheur inconnu,
Ils se bercent de leur chimère;
Le mari soudain est venu;
Adieu l'illusion trop chère!

D'ailleurs il faut bien y songer;
Celle qui leur plaît voudrait-elle
Accueillir l'amour passager,
Qui fuit si vite à tire-d'aile?

Qu'importe? Ils vont tendant les bras,
Les yeux perdus dans un nuage.
Un obstacle n'arrête pas
Tout leur inutile courage.

Lassés un jour, le lendemain
La même erreur se renouvelle;
Ils vont battre un autre chemin
Avec leur ardeur éternelle.

A UNE VOISINE

Je te vois chaque soir, lorsque tu prends le frais,
T'asseoir négligemment, voisine, à ta fenêtre;
Mes regards attentifs savent te reconnaître;
Et je guette toujours l'instant où tu parais.

Un abandon naïf se montre dans tes traits;
Ta beauté me séduit, ta grâce me pénètre.
Le désir languissant qui fait vivre ton être,
Se lit dans tes grands yeux, nonchalants et distraits.

Écoute-moi : l'amour nous met d'intelligence;
Pour réunir nos cœurs par une confidence,
Je voudrais t'avouer tout ce que je ressens.

Mais la rue est trop large, et l'on pourrait m'entendre;
Et de crainte qu'un mot n'arrête les passants,
Je garde mon amour, sans oser te l'apprendre.

BAIGNEUSES

A Eugène Baudouin.

L'eau qui dort au soleil brille comme un miroir.
Des bateaux près du bord tremblent sur la rivière;
On entend murmurer à côté d'un lavoir
    Le ruisseau qui meurt sur la pierre.

C'est le soir, et voici qu'elles sortent du bain;
Elles cherchent des yeux la rive entre les branches.
Elles tiennent leurs seins cachés avec la main,
    Et montrent leurs épaules blanches.

Et, tandis qu'un rayon de sa vague clarté
Les effleure à demi, tremblantes et frileuses,
On se met à songer à l'exquise beauté
    Que l'eau fraîche donne aux baigneuses.

Quand une femme étale au grand jour la pâleur
De son corps tout trempé d'une humide caresse,
Elle retrouve en elle une éternelle fleur
    De resplendissante jeunesse.

On dirait qu'elle vient frissonner au grand air,
En reprenant enfin la pureté première,
Et qu'elle va marcher, vierge encor par la chair,
    Dans les douceurs de la lumière.

PEURS DE FEMME

A Albert Mérat.

Le vent ouvrait son aile entre deux branches prise ;
La voile, près du bord, glissait comme un oiseau :
« Viens voguer sur la mer, lui dis-je, avec la brise. »
Elle me répondit qu'elle avait peur de l'eau.

Dans le ciel clair de mars le jour venait d'éclore ;
L'air était déjà tiède à l'horizon étroit.
« Viens courir dans les champs, lui dis-je, avec l'aurore. »
Elle me répondit qu'elle avait peur du froid.

Sous le dôme des bois la campagne était sombre ;
Les clairières dormaient ; l'eau s'éloignait sans bruit.
« Viens t'asseoir dans les prés, lui dis-je, avec la nuit. »
Elle me répondit qu'elle avait peur de l'ombre.

L'amour pressait mon cœur, troublé d'un vague effroi ;
Un doute m'obsédait que j'augmentais moi-même.
« Oh ! viens partout, lui dis-je, avec celui qui t'aime. »
Elle me répondit qu'elle avait peur de moi.

1866.

APRÈS L'AMOUR

A François Coppée.

APRÈS L'AMOUR

I

Après les jours passés dans un oubli profond,
J'ai le regret amer des heures qui s'en vont;
    Elles s'en vont toutes de même.
Je voudrais ressaisir le temps que j'ai perdu;
Mais je suis ennemi du travail assidu;
    Le cœur est faible quand on aime.

Claire vient : elle dit d'un air tout souriant
Qu'elle veut près de moi s'asseoir en travaillant;
    D'un geste elle a fermé la porte.
Elle est là : nous restons longuement enlacés;
Adieu les longs désirs, les travaux commencés.
    Un premier baiser les emporte.

Qui m'assure, après tout, que mes vers seront lus?
Ce doute me suffit, et je n'y songe plus;
    Voilà la tâche abandonnée.
A demain le travail; il reprendra l'essor,
Si Claire ne vient pas, bien inspirée encor,
    Me disputer cette journée.

II

Comment l'oubli naît-il? d'où vient qu'on se sépare?
Sans prévoir mon ennui, presque sans m'avertir,
Avec une froideur qui chez elle était rare,
Elle m'a dit hier qu'elle voulait partir.

Maintenant je suis seul; j'ai peur de moi; j'ignore
Si je pourrais subir la douleur des adieux;
Il me semble déjà, triste et tremblant encore,
Que, pour mieux l'oublier, je vais fermer les yeux.

III

Dès le premier moment qui suivit la rupture,
　　Mon cœur me parut soulagé.
Mais l'oubli m'est pénible, et j'eus bientôt changé ;
Je ne pouvais subir une épreuve aussi dure.

Que le vide est profond, après l'amour d'hier !
　　Je n'ai pu chasser ma tristesse ;
En me retrouvant seul, j'ai compris ma faiblesse ;
Et le bonheur connu m'a paru plus amer.

La force m'a manqué : je l'avoue avec peine.
　　J'ai senti des pleurs me venir ;
J'ai gardé ma souffrance, et par le souvenir
De mon amour brisé j'ai renoué la chaîne.

IV

J'ai versé des larmes amères;
A son cœur j'étais enchaîné;
Mes illusions m'étaient chères,
Et je m'y suis abandonné.

Elle aurait pu m'aimer encore.
Je n'ai pas su la retenir;
Le regret nous change, et j'ignore
Qu'on part souvent pour revenir.

Tout est fini : je me rappelle
L'amour dont j'étais enivré;
Ma peine, hélas! est trop nouvelle
Et je suis tout désespéré.

V

Dans tous mes souvenirs son portrait est gravé;
D'un cadre délicat j'entoure son visage;
Au milieu du bonheur que nous avions rêvé,
Je puis à tous moments ranimer son image.

Quand je me trouve seul, je l'évoque le soir.
Le soir, la solitude est deux fois plus cruelle;
Sous la lampe allumée elle revient s'asseoir;
Elle est à mes côtés, et je suis avec elle.

Nous nous aimons encor de notre amour passé :
Ce sont de longs aveux et des regrets sans nombre;
Quand je reviens à moi, quand le charme a cessé,
Les bras encore ouverts, je cours après son ombre.

VI

Tu m'appelais souvent, d'un geste gracieux,
Pendant ces jours d'automne à broder occupée
Sous la verte charmille où, par une échappée,
Un éclair de soleil se mourait dans tes yeux.

Assis à tes côtés, et sous le même ombrage,
Jusqu'aux heures du soir nous causions à mi-voix;
Mais, lasse de broder, je voyais dans tes doigts
S'arrêter ton aiguille, et tu pliais l'ouvrage.

Adieu les doux moments où nous pouvions unir
A ton léger travail, la lente causerie;
Nous laissions retomber avec la broderie
Notre vague entretien déjà prêt à finir.

VII

Je me rappelle encor toutes nos longues courses;
Pendant les mois d'été, les grands mois de chaleur,
Nous allions découvrir l'eau limpide des sources,
Sous la menthe sauvage, et la bruyère en fleur.

De peur de se mouiller, car elle était craintive,
Dans le creux de la main elle allait y puiser,
Et sa lèvre gardait la fraîcheur de l'eau vive,
Que je trouvais ensuite à travers son baiser.

VIII

Les saules ébranchés qui bordent les prairies,
Cachent encor l'enclos par la côte abrité;
Voici l'étroit sentier entre les métairies,
Et le ravin couvert de bruyères fleuries,
Que tant de fois, le soir, nous avons fréquenté.

Les champs sont assoupis, et l'herbe est toujours haute;
Mais elle n'est plus là, quand la nuit a voilé
Les grands bois inquiets, dont l'amour était l'hôte.
Ce sont d'autres amants qui viennent côte à côte
S'asseoir dans le gazon que nos pas ont foulé.

IX

Nos pas glissaient sans bruit dans la forêt mouillée.
L'orage avait meurtri les bouleaux du chemin;
Dans la treille aux débris du vieux mur appuyée,
Les pampres se couvraient de taches de carmin.

Triste temps, quand le vent exhale au loin sa plainte
Un vide dans nos cœurs s'était déjà creusé :
Et nous sentions en nous comme une voix éteinte,
Faite des lourds sanglots de notre amour brisé.

X

Pour rester quelque temps sans espoir ni regret,
　　J'aimerais à me laisser vivre,
Loin d'ici, loin du bruit, dans quelque abri discret,
　　Où sans peine au rêve on se livre.

Un voyage me tente, un voyage lointain;
　　Je voudrais fuir bien loin, bien vite.
Mais je rêve toujours, j'ai l'esprit incertain;
　　Il faudrait partir, et j'hésite.

Sitôt qu'on n'agit plus, au milieu de l'ennui,
　　La vie est lourde et languissante;
Hier j'aimais le repos, j'aime encore aujourd'hui
　　L'ardeur de la lutte incessante.

XI

On vieillit ; mais le cœur, s'il est resté sincère,
Aux premiers souvenirs est toujours indulgent ;
Malgré chaque blessure, on s'attriste en songeant
Que le frêle lien du passé se resserre.

L'amour n'a pas tenu ce qu'il avait promis.
Que d'espoirs ont trompé notre jeunesse avide !
C'est encore un bonheur, à voir partout le vide,
Que de serrer la main de quelques vieux amis.

XII

Vers les villes du Nord j'ai fait de longs voyages,
J'ai vu de près la mer et le pays flamand ;
Je me suis reposé sur le sable des plages,
Que fouettent l'air salin et le flot écumant.

Le ciel est nuageux, en ces climats humides,
Mais d'un souffle robuste on s'y sent pénétré ;
Las de l'amour qui trompe et des transports avides,
J'ai trouvé le repos si longtemps désiré.

Et maintenant à l'heure où l'effort me réclame,
Quand le travail me jette un appel souverain,
La paix du souvenir enveloppe mon âme,
Et je crois vivre encor dans ce pays serein.

XIII

Dans la petite ville où nous entrons la nuit,
Par ce temps pluvieux chaque maison est close;
La grand'rue est déserte; on n'entend d'autre bruit
Que l'averse qui tombe et rend l'esprit morose.

Mais nous voyons de loin l'auberge, où sur le seuil
L'hôtesse nous reçoit; comme le temps varie,
La salle est presque vide : on nous fait bon accueil,
Et nous aimons bientôt cette humble hôtellerie.

On a dressé la table; assis auprès du feu,
Nous oublions la pluie, et qu'il neige ou qu'il vente,
Nous rions du voyage, en caressant un peu
Le minois rose et frais de la jeune servante.

XIV

Un bateau, ce matin, courait vers la falaise.
Le vent jetait au large un souffle irrégulier;
     Mes yeux cherchaient la côte anglaise;
Et je voulais partir sur quelque fin voilier.

La mer, la vaste mer, est la douce berceuse;
Les vastes horizons nous offrent un abri;
     La lame errante et paresseuse,
Comme pour l'apaiser, pressait mon cœur meurtri.

J'ai retrouvé l'espoir qui charme et qui soulage;
Et, dans un autre amour tout prêt à me plonger,
     J'ai rêvé d'aller en voyage,
Pour chercher le bonheur sous un toit étranger.

XV

Des oiseaux sont venus sur le mur de l'église.
Dans le creux du portail, près des saints familiers,
Ils ont posé leurs nids sur la façade grise :
Les petits vont éclore à l'angle des piliers.

Ils vivront là, cachés dans les niches de pierre.
Ils auront leur abri dans la maison de Dieu;
Et pour avoir été bercés par la prière,
Ils prendront mieux leur vol vers le large ciel bleu.

XVI

Un voile entre ses plis me cachait son visage;
Par sa taille élégante, elle m'avait séduit.
Ravi, tout au hasard, par une vague image,
Je la suivais d'un pas hardi, grâce à la nuit.

Pour entrevoir ses traits, je m'arrêtai près d'elle;
Mais quand je l'aperçus, je ne m'attendais pas,
Malgré tous mes désirs, à la trouver si belle,
Si bien que je revins brusquement sur mes pas.

XVII

O charme inattendu ! furtives ressemblances
Que le regard surpris se plaît à ressaisir !
Comme vous réveillez de profondes souffrances !
Comme nous vous cherchons dans un amer plaisir !

Je t'ai revue hier, jeune et belle étrangère :
Je trouve en toi sa grâce et son vivant portrait.
Pour tenir dans mes bras cette image encor chère,
Qui sait ce que mon cœur ému te donnerait?

Mais ne crains rien encor, lorsque je me rappelle
Le regret que me laisse un passé malheureux.
Tu lui ressembles trop, et tu pourrais, comme elle,
M'apporter un amour pénible et douloureux.

XVIII

Les murs sont peints en noir ; lorsque la mer est haute,
La maison sur la plage ouvre encor ses volets,
    Comme pour veiller sur la côte,
Que le flux vient couvrir, roulant sur les galets.

Le marin qui revient, après les jours d'orage,
Cherche de loin la terre, et regarde le bord.
    Ce toit lui présente l'image
Du pays de la houille, et lui montre le port.

Le murmure du flot roule encor sur la grève ;
Sur le vaste Océan le voyage était long.
    La maison sourit à son rêve,
Mieux que le gai logis couvert de chaume blond.

XIX

Quand on vient de dresser la table hospitalière,
Il faut boire gaîment, à côté des fermiers,
Le cidre préparé dans la bonne chaumière,
Que domire à mi-côte un bouquet de pommiers.

Tout climat a ses dons, qu'il nous offre en voyage ;
Le vin est la liqueur des pays du soleil.
Si le cidre est léger, il garde, doux breuvage,
La pâleur d'un ciel gris bordé d'un ton vermeil.

Il nous vient des vergers et des gras pâturages ;
Et nous trouvons en lui, pénétrés largement
Des parfums de la plaine et des grands bois sauvages
La sève et le sang clair du vieux pays normand.

XX

Après les tristes jours de regrets et de doute,
Le repos berce enfin le cœur endolori.
Il s'est heurté longtemps aux écueils de la route ;
Mais l'oubli nous possède, et le voilà guéri.

Toi qui viens de souffrir, la douleur te rend sage :
Tu mûris par l'épreuve, et tu te connais mieux ;
Va, traverse l'amour comme un beau paysage,
Qui, sans troubler le cœur, charme toujours les yeux.

Enfant, quand je suivais mon désir solitaire,
J'aurais voulu saisir l'éternelle beauté ;
Je croyais au devoir, dans ma pensée austère ;
De ce rêve naïf, je me suis écarté.

Et voici maintenant que j'entends sonner l'heure,
Où, las de vivre seul, on désire un foyer;
Je songe qu'il est temps d'habiter la demeure,
Où sur un bras ami le bras peut s'appuyer.

Qui sait? Elle viendra demain, la jeune femme,
Dont j'invoque déjà la grâce et la raison,
M'offrir, comme un trésor, la douceur de son âme;
Et j'irai la conduire au seuil de la maison.

Je me sens tout ému, quand je pense à la vie
Qui me charmait hier, qui m'attriste aujourd'hui.
Je garde l'espérance, et je n'ai point envie
De ce bonheur banal que je vois chez autrui.

Mais le repos du cœur me séduit et m'attire;
De mes premiers désirs je veux me rapprocher.
Viens au-devant de moi, viens, toi que je désire;
Je t'appelle de loin et je vais te chercher.

Viens ici : tu pourras me consoler peut-être.
Je veux vivre pour toi : parle-moi franchement;
Offre-moi les baisers que je voudrais connaître?
Tout mon cœur t'appartient, je t'en fais le serment.

Je serai près de toi comme un amant fidèle.
Je marcherai toujours, incliné sur ton bras,

Attentif à te suivre où ton désir m'appelle ;
Je veux t'aimer enfin, comme tu m'aimeras.

Je n'ai pas épuisé ma force et ma tendresse ;
Et je sais que le cœur, après l'oubli du mal,
Relevé par l'espoir, retrouve sa jeunesse
Dans un amour nouveau, paisible et virginal.

1875-1876.

CROQUIS D'INTÉRIEUR

ET

TABLEAUX RUSTIQUES

CROQUIS D'INTÉRIEUR

ET TABLEAUX RUSTIQUES

I

LE LAVOIR

A Francis Pittié.

Par le chemin pavé qui mène à la rivière,
On descend pas à pas jusqu'au bord du lavoir;
Un bouquet de bouleaux laisse à peine entrevoir
Un toit de tuile rouge et des piliers de pierre.

Il est humble et rustique; il est caché derrière
La ferme au mur croulant qui borde l'abreuvoir;
Non loin, dans la prairie, un moulin fait pleuvoir,
A l'angle de la route, une fine poussière.

Mais ce lavoir perdu n'a que plus de fraîcheur ;
Une source le forme, il en a la blancheur ;
Un ruisseau va sortir de ses eaux savonneuses.

On se souvient encor d'un bruit de chute d'eau,
Quand, sous les arbres verts étendus en rideau,
On entend le battoir et la voix des laveuses.

II

LES YEUX DU CŒUR

A. . . . .

Longuement obsédé par mon amour fidèle,
Lorsque je pense à toi, plein de ton souvenir,
Un idéal lointain m'entraîne et vient s'unir
Au regret incessant qui près de toi m'appelle.

Avec les yeux du cœur je te trouve plus belle.
Par un attrait de plus tu sais me retenir;
Sous le reflet ardent que rien ne peut ternir
La chère vision toujours se renouvelle.

Même la nuit, à l'heure où les yeux sont fermés.
Je songe avec tendresse à tes traits bien-aimés;
Un rêve, près de moi, fait flotter ton image.

L'illusion persiste et le charme est pareil;
Et je retrouve encore, à travers un mirage,
Je ne sais quoi de toi, qu'embellit le sommeil.

III

EAU DORMANTE

A Paul Sébillot.

Dans un pli de terrain, entre les joncs perdue,
La mare, au cœur des bois, cache son eau qui dort.
De sa nappe immobile aucun ruisseau ne sort;
Elle ne montre aux yeux qu'une morne étendue.

Sur son bassin terni la vie est suspendue.
On voit flotter à peine, amarré près du bord,
Un bateau de pêcheurs qui laissent sans effort
Traîner au fond leur ligne oisivement tendue.

Le soir pourtant cette eau si pâle a sa beauté;
Le soleil qui s'efface y jette une clarté.
La nuit glisse à son tour sur la surface brune;

Et reflétant au large un rayon vaporeux,
L'eau brille entre les joncs, sous les bois ténébreux,
Près du bateau qui tremble argenté par la lune.

IV

LA LAMPE

A. . . . .

Près du foyer paisible assis jusqu'à minuit,
Nous nous tenons ce soir dans la chambre fermée ;
De notre solitude étroite et bien-aimée,
Nous jouissons tous deux lentement et sans bruit.

Dans ce vague abandon où le rêve conduit,
Tu suis de notre amour la pente accoutumée ;
La lampe est près de toi, sur la table allumée,
Et tu tournes les yeux vers le globe qui luit.

Tes regards vont aussi vers la maison voisine.
Tout en face de nous un reflet l'illumine ;
D'autres lampes, là-bas, s'allument tour à tour.

Et leur flamme si douce aux lentes rêveries
Semble éclairer encor d'intimes causeries,
Et même comme ici le bonheur et l'amour.

EN PLEINE NATURE

A D. Colombel.

Dans les bois de Fontainebleau,
Dès qu'un souffle plus tiède effleure,
Près de Paris, le bord de l'eau,
Les peintres cherchent leur demeure.

Ils vont, au revers d'un coteau,
Peupler la maison villageoise.
Daubigny vivait en bateau,
Quand il peignait les bords de l'Oise.

Nous aussi, dès que vient l'été,
Sans vouloir de plus longs voyages,
Dans quelque endroit peu fréquenté,
Nous avons nos frais paysages.

Sous le ciel baigné de soleil,
Tout à loisir nous allons vivre.
Nous trouvons un large réveil
Dans l'air plus pur qui nous enivre.

Nous nous levons de grand matin,
Lorsque la nature apaisée
Frissonne au brouillard incertain,
Qui vient la couvrir de rosée.

Le pas humide de la nuit
S'efface à l'horizon immense :
Dans la lumière et dans le bruit
Le travail des champs recommence.

Les champs sont un vaste atelier ;
Partout la même œuvre est tracée,
Comme en un cercle familier
Pour les mains ou pour la pensée.

Nous prenons le chemin des bois ;
Nous y marchons à l'aventure,
A travers·les détours étroits
Qui mènent en pleine nature.

Nous pénétrons dans les taillis ;
Sur les hauteurs, ou sur les pentes,
Nos pas vont heurtant un fouillis
D'herbes et de plantes grimpantes.

Au bord des ravins ombragés,
Nous avons des recoins sauvages,
Où souvent nous restons plongés
Dans un nid touffu de branchages.

Nous aimons les profonds abris,
Couverts de mousse et de verdure,
Les larges halliers assombris,
Tout trempés de l'eau qui murmure.

Quelquefois nous sommes entrés,
Presqu'au hasard et par surprise,
Dans l'ombre épaisse des fourrés
Où les chevreuils ont leur remise.

Nous songeons à peine au retour,
Grâce à l'ardeur qui nous entraîne;
En voyant au déclin du jour,
S'obscurcir le ciel et la plaine.

Alors nous avons, à loisir,
Promené partout notre envie;
Et nos yeux viennent de saisir
Le flot éclatant de la vie.

Le soir, sans souci du repos,
A la table des aubergistes,
Nous échangeons tous les propos
Qu'on tient dans les dîners d'artistes.

Longs entretiens, vagues discours!
Au milieu de nos causeries,
L'Art, pour nous, conserve toujours
Ses beautés que rien n'a flétries.

Pour qu'il revive entre nos mains,
Et pour que son éclat renaisse,
Il faut quitter les vieux chemins,
Il faut marcher vers la jeunesse.

Lorsqu'avril vient de s'éveiller,
La jeune fille, dans les herbes,
Pourrait remplir son tablier
Des fleurs qu'elle tresse par gerbes.

Les bras courbés avec effort,
La paysanne vieille et lasse
Va cherchant le faix de bois mort,
Qu'avec peine sa main entasse.

Nous demandons notre moisson,
Sans voir les plantes desséchées,
Aux prés verts et même au buisson
Où les fleurs rares sont cachées.

Quand ces trésors nous sont ouverts,
Malheur à qui de nous emporte
Le bois flétri que les hivers
Font tomber d'une branche morte.

TABLE

PAYSAGES

A CLAIRE. — A TRAVERS CHAMPS

SONNETS INTIMES

PAYSAGES ET IMPRESSIONS

A L'AVENTURE

APRES L'AMOUR

CROQUIS D'INTÉRIEUR ET TABLEAUX RUSTIQUES

FIN DE LA TABLE

Imprimé

PAR A. QUANTIN

POUR ALPHONSE LEMERRE, LIBRAIRE

A PARIS

www.ingramcontent.com/pod-product-compliance
Lightning Source LLC
Chambersburg PA
CBHW051135260626
47170CB00005B/1831

Imprimé

PAR A. QUANTIN

POUR ALPHONSE LEMERRE, LIBRAIRE

A PARIS